DER DICHTER UND DAS PHANTASIEREN

SIGMUND FREUD

Herausgeber: Culturea (34, Hérault)
Druck: BOD - In de Tarpen 42, Norderstedt (Deutschland)
Website: http://culturea.fr
Kontakt: infos@culturea.fr
ISBN:9791041933051
Veröffentlichungsdatum: FEBRUAR 2023
Layout und Design: https://reedsy.com/
Dieses Buch wurde mit der Schriftart Bauer Bodoni gesetzt.

ER WIRT MIR GEBEN

Uns Laien hat es immer mächtig gereizt zu wissen, woher diese merkwürdige Persönlichkeit, der Dichter, seine Stoffe nimmt etwa im Sinne der Frage, die jener Kardinal an den Ariosto richtete , und wie er es zustande bringt, uns mit ihnen so zu ergreifen, Erregungen in uns hervorzurufen, deren wir uns vielleicht nicht einmal für fähig gehalten hätten. Unser Interesse hierfür wird nur gesteigert durch den Umstand, daß der Dichter selbst, wenn wir ihn befragen, uns keine oder keine befriedigende Auskunft gibt, und wird gar nicht gestört durch unser Wissen, daß die beste Einsicht in die Bedingungen der dichterischen Stoffwahl und in das Wesen der poetischen Gestaltungskunst nichts dazu beitragen würde, uns selbst zu Dichtern zu machen.

Wenn wir wenigstens bei uns oder bei unsergleichen eine dem Dichten irgendwie verwandte Tätigkeit auffinden könnten! Die Untersuchung derselben ließe uns hoffen, eine erste Aufklärung über das Schaffen des Dichters zu gewinnen. Und wirklich, dafür ist Aussicht vorhanden; die Dichter selbst lieben es ja, den Abstand zwischen ihrer Eigenart und allgemein menschlichem Wesen zu verringern; sie versichern uns so häufig, daß in jedem Menschen ein Dichter stecke; und daß der letzte Dichter erst mit dem letzten Menschen sterben werde.

Sollten wir die ersten Spuren dichterischer Betätigung nicht schon beim Kinde suchen? Die liebste und intensivste Beschäftigung des Kindes ist das Spiel. Vielleicht dürfen wir sagen: jedes spielende Kind benimmt sich wie ein Dichter, indem es sich eine eigene Welt erschafft, oder, richtiger gesagt, die Dinge seiner Welt in eine neue, ihm gefällige Ordnung versetzt. Es wäre dann unrecht, zu meinen, es nähme diese Welt nicht ernst; im Gegenteile, es nimmt sein Spiel sehr ernst, es verwendet große Affektbeträge darauf. Der Gegensatz zu Spiel ist nicht Ernst, sondern Wirklichkeit. Das Kind unterscheidet seine Spielwelt sehr wohl, trotz aller Affektbesetzung, von der Wirklichkeit und lehnt seine imaginierten Objekte und Verhältnisse gerne an greifbare und sichtbare Dinge der wirklichen Welt an. Nichts anderes als diese Anlehnung unterscheidet das »Spielen« des Kindes noch vom »Phantasieren«.

Der Dichter tut nun dasselbe wie das spielende Kind; er erschafft eine Phantasiewelt, die er sehr ernst nimmt, d. h. mit großen Affektbeträgen ausstattet, während er sie von der Wirklichkeit scharf sondert. Und die Sprache hat diese Verwandtschaft von Kinderspiel und poetischem Schaffen festgehalten, indem sie solche Veranstaltungen des Dichters, welche der Anlehnung an greifbare Objekte bedürfen, welche der Darstellung fähig sind, als S p i e l e : L u s t s p i e l , T r a u e r s p i e l , und die Person, welche sie darstellt, als S c h a u s p i e l e r bezeichnet. Aus der Unwirklichkeit der dichterischen Welt ergeben sich aber sehr wichtige Folgen für die künstlerische Technik, denn vieles, was als real nicht Genuß bereiten könnte, kann dies doch im Spiel der Phantasie, viele an sich eigentlich peinliche Erregungen können für den Hörer und Zuschauer des Dichters zur Quelle der Lust werden.

Verweilen wir einer anderen Beziehung wegen noch einen Augenblick bei dem Gegensatz von Wirklichkeit und Spiel! Wenn das Kind herangewachsen ist und aufgehört hat zu spielen, wenn es sich durch Jahrzehnte seelisch bemüht hat, die Wirklichkeiten des Lebens mit dem erforderlichen Ernst zu erfassen, so kann es eines Tages in eine seelische Disposition geraten, welche den Gegensatz zwischen Spiel und Wirklichkeit wieder aufhebt. Der Erwachsene kann sich darauf besinnen, mit welchem hohen Ernst er einst seine Kinderspiele betrieb, und indem er nun seine vorgeblich ernsten Beschäftigungen jenen Kinderspielen gleichstellt, wirft er die allzu schwere Bedrückung durch das Leben ab und erringt sich den hohen Lustgewinn des H u m o r s .

Der Heranwachsende hört also auf zu spielen, er verzichtet scheinbar auf den Lustgewinn, den er aus dem Spiele bezog. Aber wer das Seelenleben des Menschen kennt, der weiß, daß ihm kaum etwas anderes so schwer wird wie der Verzicht auf einmal gekannte Lust. Eigentlich können wir auf nichts verzichten, wir vertauschen nur eines mit dem anderen; was ein Verzicht zu sein scheint, ist in Wirklichkeit eine Ersatz- oder Surrogatbildung. So gibt auch der Heranwachsende, wenn er aufhört zu spielen, nichts anderes auf als die Anlehnung an reale Effekte; anstatt zu s p i e l e n , p h a n t a s i e r t er jetzt. Er baut sich Luftschlösser, schafft das, was man Tagträume nennt. Ich glaube, daß die meisten Menschen zuzeiten ihres Lebens Phantasien bilden. Es ist das eine Tatsache, die man lange Zeit übersehen und deren Bedeutung man darum nicht genug gewürdigt hat.

Das Phantasieren der Menschen ist weniger leicht zu beobachten als das Spielen der Kinder. Das Kind spielt zwar auch allein oder es bildet mit andern Kindern ein geschlossenes psychisches System zum Zwecke des Spieles, aber wenn es auch den Erwachsenen nichts vorspielt, so verbirgt es doch sein Spielen nicht vor ihnen. Der Erwachsene aber schämt sich seiner Phantasien und versteckt sie vor anderen, er hegt sie als seine eigensten Intimitäten, er würde in der Regel lieber seine Vergehungen eingestehen als seine Phantasien mitteilen. Es mag vorkommen, daß er sich darum für den einzigen hält, der solche Phantasien bildet, und von der allgemeinen Verbreitung ganz ähnlicher Schöpfungen bei anderen nichts ahnt. Dies verschiedene Verhalten des Spielenden und des Phantasierenden findet seine gute Begründung in den Motiven der beiden einander doch fortsetzenden Tätigkeiten.

Das Spielen des Kindes wurde von Wünschen dirigiert, eigentlich von dem einen Wunsche, der das Kind erziehen hilft, vom Wunsche: groß und erwachsen zu sein. Es spielt immer »groß sein«, imitiert im Spiel, was ihm vom Leben der Großen bekannt geworden ist. Es hat nun keinen Grund, diesen Wunsch zu verbergen. Anders der Erwachsene: dieser weiß einerseits, daß man von ihm erwartet, nicht mehr zu spielen oder zu phantasieren, sondern in der wirklichen Welt zu handeln, und anderseits sind unter den seine Phantasien erzeugenden Wünschen manche, die es überhaupt zu verbergen not tut; darum schämt er sich seines Phantasierens als kindisch und als unerlaubt.

Sie werden fragen, woher man denn über das Phantasieren der Menschen so genau Bescheid wisse, wenn es von ihnen mit soviel Geheimtun verhüllt wird? Nun, es gibt eine Gattung von Menschen, denen zwar nicht ein Gott, aber eine strenge Göttin die Notwendigkeit den Auftrag erteilt hat, zu sagen, was sie leiden und woran sie sich erfreuen. Es sind dies die Nervösen, die dem Arzte, von dem sie Herstellung durch psychische Behandlung erwarten, auch ihre Phantasien eingestehen müssen; aus dieser Quelle stammt unsere beste Kenntnis, und wir sind dann zu der wohl begründeten Vermutung gelangt, daß unsere Kranken uns nicht anderes mitteilen, als was wir auch von den Gesunden erfahren könnten.

Gehen wir daran, einige der Charaktere des Phantasierens kennen zu lernen. Man darf sagen, der Glückliche phantasiert nie, nur der Unbefriedigte. Unbefriedigte Wünsche sind die Triebkräfte der Phantasien, und jede einzelne Phantasie ist eine Wunscherfüllung, eine Korrektur der unbefriedigenden Wirklichkeit. Die treibenden Wünsche sind verschieden je nach Geschlecht, Charakter und Lebensverhältnissen der phantasierenden Persönlichkeit; sie lassen sich aber ohne Zwang nach zwei Hauptrichtungen gruppieren. Es sind entweder ehrgeizige Wünsche, welche der Erhöhung der Persönlichkeit dienen, oder erotische. Beim jungen Weib herrschen die erotischen Wünsche fast ausschließend, denn sein Ehrgeiz wird in der Regel vom Liebesstreben aufgezehrt; beim jungen Mann sind neben den erotischen die eigensüchtigen und ehrgeizigen Wünsche vordringlich genug. Doch wollen wir nicht den Gegensatz beider Richtungen, sondern vielmehr deren häufige Vereinigung betonen; wie in vielen Altarbildern in einer Ecke das Bildnis des Stifters sichtbar ist, so können wir an den meisten ehrgeizigen Phantasien in irgendeinem Winkel die Dame entdecken, für die der Phantast all diese Heldentaten vollführt, der er alle Erfolge zu Füßen legt. Sie sehen, hier liegen genug starke Motive zum Verbergen vor; dem wohlerzogenen Weib wird ja überhaupt nur ein Minimum von erotischer Bedürftigkeit zugebilligt, und der junge Mann soll das Übermaß von Selbstgefühl, welches er aus der Verwöhnung der Kindheit mitbringt, zum Zwecke der Einordnung in die an ähnlich anspruchsvollen Individuen so reiche Gesellschaft unterdrücken lernen.

Die Produkte dieser phantasierenden Tätigkeit, der einzelnen Phantasien, Luftschlösser oder Tagträume dürfen wir uns nicht als starr und unveränderlich vorstellen. Sie schmiegen sich vielmehr den wechselnden Lebenseindrücken an, verändern sich mit jeder Schwankung der Lebenslage, empfangen von jedem wirksamen, neuen Eindruck eine sogenannte »Zeitmarke«. Das Verhältnis der Phantasie zur Zeit ist überhaupt sehr bedeutsam. Man darf sagen: eine Phantasie schwebt gleichsam zwischen drei Zeiten, den drei Zeitmomenten unseres Vorstellens. Die seelische Arbeit knüpft an einen aktuellen Eindruck, einen Anlaß in der Gegenwart an, der imstande war, einen der großen Wünsche der Person zu wecken, greift von da aus auf die Erinnerung eines früheren, meist infantilen, Erlebnisses zurück, in dem jener Wunsch erfüllt war, und schafft nun eine auf die Zukunft bezogene Situation, welche sich als die Erfüllung jenes Wunsches darstellt, eben den Tagtraum oder die Phantasie, die nun die Spuren ihrer Herkunft vom Anlaß und von der Erinnerung an sich trägt. Also Vergangenes, Gegenwärtiges, Zukünftiges wie an der Schnur des durchlaufenden Wunsches aneinandergereiht.

Das banalste Beispiel mag Ihnen meine Aufstellung erläutern. Nehmen Sie den Fall eines armen und verwaisten Jünglings an, dem Sie die Adresse eines Arbeitgebers genannt haben, bei welchem er vielleicht eine Anstellung finden kann. Auf dem Wege dahin mag er sich in einem Tagtraum ergehen, wie er angemessen aus seiner Situation entspringt. Der Inhalt dieser Phantasie wird etwa sein, daß er dort angenommen wird, seinem neuen Chef gefällt, sich im Geschäft unentbehrlich macht, in die Familie des Herrn gezogen wird, das reizende Töchterchen des Hauses heiratet und dann selbst als Mitbesitzer wie später als Nachfolger das Geschäft leitet. Und dabei hat sich der Träumer ersetzt, was er in der glücklichen Kindheit besessen, das schützende Haus, die liebenden Eltern und die ersten Objekte seiner zärtlichen Neigung. Sie sehen an solchem Beispiel, wie der Wunsch einen Anlaß der Gegenwart benützt, um sich nach dem Muster der Vergangenheit ein Zukunftsbild zu entwerfen.

Es wäre noch vielerlei über die Phantasien zu sagen; ich will mich aber auf die knappsten Andeutungen beschränken. Das Überwuchern und Übermächtigwerden der Phantasien stellt die Bedingungen für den Verfall in Neurose oder Psychose her; die Phantasien sind auch die nächsten seelischen Vorstufen der Leidenssymptome, über welche unsere Kranken klagen. Hier zweigt ein breiter Seitenweg zur Pathologie ab.

Nicht übergehen kann ich aber die Beziehung der Phantasien zum Traum. Auch unsere nächtlichen Träume sind nichts anderes als solche Phantasien, wie wir durch die Deutung der Träume evident machen können. Die Sprache hat in ihrer unübertrefflichen Weisheit die Frage nach dem Wesen der Träume längst entschieden, indem sie die luftigen Schöpfungen Phantasierender auch »T a g t r ä u m e « nennen ließ. Wenn trotz dieses Fingerzeiges der Sinn unserer Träume uns zumeist undeutlich bleibt, so rührt dies von dem einen Umstand her, daß nächtlicherweile auch solche Wünsche in uns rege werden, deren wir uns schämen, und die wir vor uns selbst verbergen müssen, die eben darum verdrängt, ins Unbewußte geschoben wurden. Solchen verdrängten Wünschen und ihren Abkömmlingen kann nun kein anderer als ein arg entstellter Ausdruck gegönnt werden. Nachdem die Aufklärung der Traume n t s t e l l u n g der wissenschaftlichen Arbeit gelungen war, fiel es nicht mehr schwer zu erkennen, daß die nächtlichen Träume ebensolche Wunscherfüllungen sind wie die Tagträume, die uns allen so wohl bekannten Phantasien.

Soviel von den Phantasien, und nun zum Dichter! Dürfen wir wirklich den Versuch machen, den Dichter mit dem »Träumer am hellichten Tag«, seine Schöpfungen mit Tagträumen zu vergleichen? Da drängt sich wohl eine erste Unterscheidung auf; wir müssen die Dichter, die fertige Stoffe übernehmen, wie die alten Epiker und Tragiker, sondern von jenen, die ihre Stoffe frei zu schaffen scheinen. Halten wir uns an die letzteren und suchen wir für unsere Vergleichung nicht gerade jene Dichter aus, die von der Kritik am höchsten geschätzt werden, sondern die anspruchsloseren Erzähler von Romanen, Novellen und Geschichten, die dafür die zahlreichsten und eifrigsten Leser und Leserinnen finden. An den Schöpfungen dieser Erzähler muß uns vor allem ein Zug auffällig werden; sie alle haben einen Helden, der im Mittelpunkt des Interesses steht, für den der Dichter unsere Sympathie mit allen Mitteln zu gewinnen sucht, und den er wie mit einer besonderen Vorsehung zu beschützen scheint. Wenn ich am Ende eines Romankapitels den Helden bewußtlos, aus schweren Wunden blutend, verlassen habe, so bin ich sicher, ihn zu Beginn des nächsten in sorgsamster Pflege und auf dem Wege der Herstellung zu finden, und wenn der erste Band mit dem Untergang des Schiffes im Seesturm geendigt hat, auf dem unser Held sich befand, so bin ich sicher, zu Anfang des zweiten Bandes von seiner wunderbaren Rettung zu lesen, ohne die der Roman ja keinen Fortgang hätte. Das Gefühl der Sicherheit, mit dem ich den Helden durch seine gefährlichen Schicksale begleite, ist das nämliche, mit dem ein wirklicher Held sich ins Wasser stürzt, um einen Ertrinkenden zu retten, oder sich dem feindlichen Feuer aussetzt, um eine Batterie zu stürmen; jenes eigentliche Heldengefühl, dem einer unserer besten Dichter den köstlichen Ausdruck geschenkt hat: »Es kann dir nix g'schehn.« Ich meine aber, an diesem verräterischen Merkmal der Unverletzlichkeit erkennt man ohne Mühe Seine Majestät das Ich, den Helden aller Tagträume wie aller Romane.

Noch andere typische Züge dieser egozentrischen Erzählungen deuten auf die gleiche Verwandtschaft hin. Wenn sich stets alle Frauen des Romans in den Helden verlieben, so ist das kaum als Wirklichkeitsschilderung aufzufassen, aber leicht als notwendiger Bestand des Tagtraums zu verstehen. Ebenso wenn die anderen Personen des Romans sich scharf in gute und böse scheiden, unter Verzicht auf die in der Realität zu beobachtende Buntheit menschlicher Charaktere; die »guten« sind eben die Helfer, die »bösen« aber die Feinde und Konkurrenten des zum Helden gewordenen Ichs.

Wir verkennen nun keineswegs, daß sehr viele dichterische Schöpfungen sich von dem Vorbild des naiven Tagtraums weit entfernt halten, aber ich kann doch die Vermutung nicht unterdrücken, daß auch die extremsten Abweichungen durch eine lückenlose Reihe von Übergängen mit diesem Modell in Beziehung gesetzt werden könnten. Noch in vielen der sogenannten psychologischen Romane ist mir aufgefallen, daß nur eine Person, wiederum der Held, von innen geschildert wird; in ihrer Seele sitzt gleichsam der Dichter und schaut die anderen Personen von außen an. Der psychologische Roman verdankt im ganzen wohl seine Besonderheit der Neigung des modernen Dichters, sein Ich durch Selbstbeobachtung in Partial-Ichs zu zerspalten und demzufolge die Konfliktströmungen seines Seelenlebens in mehreren Helden zu personifizieren. In einem ganz besonderen Gegensatz zum Typus des Tagtraumes scheinen die Romane zu stehen, die man als »exzentrische« bezeichnen könnte, in denen die als Held eingeführte Person die geringste tätige Rolle spielt, vielmehr wie ein Zuschauer die Taten und Leiden der anderen an sich vorüberziehen sieht. Solcher Art sind mehrere der späteren Romane Z o l a s . Doch muß ich bemerken, daß die psychologische Analyse nicht dichtender, in manchen Stücken von der sogenannten Norm abweichender Individuen uns analoge Variationen der Tagträume kennen gelehrt hat, in denen sich das Ich mit der Rolle des Zuschauers bescheidet.

Wenn unsere Gleichstellung des Dichters mit dem Tagträumer, der poetischen Schöpfung mit dem Tagtraum wertvoll werden soll, so muß sie sich vor allem in irgend einer Art fruchtbar erweisen. Versuchen wir etwa, unseren vorhin aufgestellten Satz von der Beziehung der Phantasie zu den drei Zeiten und zum durchlaufenden Wunsche auf die Werke der Dichter anzuwenden und die Beziehungen zwischen dem Leben des Dichters und seinen Schöpfungen mit dessen Hilfe zu studieren. Man hat in der Regel nicht gewußt, mit welchen Erwartungsvorstellungen man an dieses Problem herangehen soll; häufig hat man sich diese Beziehung viel zu einfach vorgestellt. Von der an den Phantasien gewonnenen Einsicht her müßten wir folgenden Sachverhalt erwarten: Ein starkes aktuelles Erlebnis weckt im Dichter die Erinnerung an ein früheres, meist der Kindheit angehöriges Erlebnis auf, von welchem nun der Wunsch ausgeht, der sich in der Dichtung seine Erfüllung schafft; die Dichtung selbst läßt sowohl Elemente des frischen Anlasses als auch der alten Erinnerung erkennen.

Erschrecken Sie nicht über die Kompliziertheit dieser Formel; ich vermute, daß sie sich in Wirklichkeit als ein zu dürftiges Schema erweisen wird, aber eine erste Annäherung an den realen Sachverhalt könnte doch in ihr enthalten sein, und nach einigen Versuchen, die ich unternommen habe, sollte ich meinen, daß eine solche Betrachtungsweise dichterischer Produktionen nicht unfruchtbar ausfallen kann. Sie vergessen nicht, daß die vielleicht befremdende Betonung der Kindheitserinnerung im Leben des Dichters sich in letzter Linie von der Voraussetzung ableitet, daß die Dichtung wie der Tagtraum Fortsetzung und Ersatz des einstigen kindlichen Spielens ist.

Versäumen wir nicht, auf jene Klasse von Dichtungen zurückzugreifen, in denen wir nicht freie Schöpfungen, sondern Bearbeitungen fertiger und bekannter Stoffe erblicken müssen. Auch dabei verbleibt dem Dichter ein Stück Selbständigkeit, das sich in der Auswahl des Stoffes und in der oft weitgehenden Abänderung desselben äußern darf. Soweit die Stoffe aber gegeben sind, entstammen sie dem Volksschatze an Mythen, Sagen und Märchen. Die Untersuchungen dieser völkerpsychologischen Bildungen ist nun keineswegs abgeschlossen, aber es ist z. B. von den Mythen durchaus wahrscheinlich, daß sie den entstellten Überresten von Wunschphantasien ganzer Nationen, den S ä k u l a r t r ä u m e n der jungen Menschheit entsprechen.

Sie werden sagen, daß ich Ihnen von den Phantasien weit mehr erzählt habe, als vom Dichter, den ich doch im Titel meines Vortrages vorangestellt. Ich weiß das und versuche es durch den Hinweis auf den heutigen Stand unserer Erkenntnis zu entschuldigen. Ich konnte Ihnen nur Anregungen und Aufforderungen bringen, die von dem Studium der Phantasien her auf das Problem der dichterischen Stoffwahl übergreifen. Das andere Problem, mit welchen Mitteln der Dichter bei uns die Affektwirkungen erziele, die er durch seine Schöpfungen hervorruft, haben wir überhaupt noch nicht berührt. Ich möchte Ihnen wenigstens noch zeigen, welcher Weg von unseren Erörterungen über die Phantasien zu den Problemen der poetischen Effekte führt.

Sie erinnern sich, wir sagten, daß der Tagträumer seine Phantasien vor anderen sorgfältig verbirgt, weil er Gründe verspürt, sich ihrer zu schämen. Ich füge nun hinzu, selbst wenn er sie uns mitteilen würde, könnte er uns durch solche Enthüllung keine Lust bereiten. Wir werden von solchen Phantasien, wenn wir sie erfahren, abgestoßen oder bleiben höchstens kühl gegen sie. Wenn aber der Dichter uns seine Spiele vorspielt oder uns das erzählt, was wir für seine persönlichen Tagträume zu erklären geneigt sind, so empfinden wir hohe, wahrscheinlich aus vielen Quellen zusammenfließende Lust. Wie der Dichter das zustande bringt, das ist sein eigenstes Geheimnis; in der Technik der Überwindung jener Abstoßung, die gewiß mit den Schranken zu tun hat, welche sich zwischen jedem einzelnen Ich und den anderen erheben, liegt die eigentliche Ars poetica. Zweierlei Mittel dieser Technik können wir erraten: Der Dichter mildert den Charakter des egoistischen Tagtraumes durch Abänderungen und Verhüllungen und besticht uns durch rein formalen d. h. ästhetischen Lustgewinn, den er uns in der Darstellung seiner Phantasien bietet. Man nennt einen solchen Lustgewinn, der uns geboten wird, um mit ihm die Entbindung größerer Lust aus tiefer reichenden psychischen Quellen zu ermöglichen, eine V e r l o c k u n g s p r ä m i e oder eine V o r l u s t . Ich bin der Meinung, daß alle ästhetische Lust, die uns der Dichter verschafft, den Charakter solcher Vorlust trägt, und daß der eigentliche Genuß des Dichtwerkes aus der Befreiung von Spannungen in unserer Seele hervorgeht. Vielleicht trägt es sogar zu diesem Erfolg nicht wenig bei, daß uns der Dichter in den Stand setzt, unsere eigenen Phantasien nunmehr ohne Vorwurf und ohne Schämen zu genießen. Hier stünden wir nun am Eingange neuer interessanter und verwickelter Untersuchungen, aber, wenigstens für diesmal, am Ende unserer Erörterungen.